Tengo mucho sueño
© Texto 2022, Laura Rexach Olivencia
© Ilustraciones 2022, Mariana Pereyra
© De esta edición: 2022, Editorial Destellos LLC

Para información escribir a:
Editorial Destellos LLC
1353 Ave. Luis Vigoreaux, PMB 768, Guaynabo, PR 00966
info@editorialdestellos.com

Asesoría editorial
Mrinali Álvarez Astacio
Diseño y diagramación
Víctor Maldonado Dávila

ISBN: 978-1-7372757-2-5

Impreso en Colombia por Editorial Nomos S. A.
www.editorialdestellos.com

TENGO MUCHO SUEÑO

POR: LAURA REXACH
ILUSTRACIONES: PUPÉ

Buenas noches, Paz.
Es hora de dormir.
Tengo mucho sueño.

Espera, tengo una idea.
¡Leamos un cuento!

Pero Paz, ya leímos
siete cuentos.
Es hora de dormir.
Tengo mucho sueño.

Yo no tengo sueño.
¡Juguemos con los bloques!

Pero Paz, ya construimos una
ciudad completa con autopistas
y rascacielos con los bloques.
Es hora de dormir.
Yo sí tengo mucho sueño.

Está bien.
Un baño
de burbujas
entonces.
¡Quizás eso
me dé sueño!

Acabaste las
burbujas Paz.
A la cama, que es
hora de dormir.
Tengo mucho,
mucho sueño.

Lulú también necesita
un descanso Paz,
ya vendrá más tarde.
Es hora de dormir.

¡Se me olvidó cepillarme
los dientes!

Ya te los cepillaste.

¡Voy a buscar agua!

Aquí está.

¡Conejito!

Ya arropado.

¿Te quedas un ratito conmigo?

Sólo un ratito.

Te amo Paz.